SUCCESSION DE M. S...

Vente après Décès

à la requête de M. Lavareille, Administrateur

HOTEL DROUOT — SALLES N...

LE VENDREDI 7 DE...

A 4 HEURES

SUITE DE CINQ BELLES

TAPISSERIES DU XVI^ᵉᵐᵉ SIÈCLE

au petit point brodées d'or et d'argent

QUATRE TAPISSERIES

de l'Époque Louis XIV

Me Léon FONTAINE	M. Arthur BLOCHE
COMMISSAIRE-PRISEUR	EXPERT EN TAPISSERIE
Rue de la Victoire	Rue de Châteaudun

EXPOSITION PUBLIQUE

Le Jeudi 6 Décembre 1906, de 1 heure 1/2 à 6 heures
et le Vendredi 7 Décembre, de 1 heure 1/2 à 4 heures

EXEMPLAIRE DE H. STETTINER

CATALOGUE

D'UNE SUITE

DE

Cinq remarquables Tapisseries

au petit point, brodées et tissées d'or et d'argent

DU XVIme SIÈCLE

QUATRE TAPISSERIES

DU TEMPS DE LOUIS XIV

Provenant de la Succession de M. S···

et dont la VENTE après décès

AURA LIEU

à la requête de M. LAVAREILLE, Administrateur judiciaire

HOTEL DROUOT — SALLES N°s 2 ET 3

LE VENDREDI 7 DÉCEMBRE 1906

A 4 HEURES

Me Léon FONTAINE	**M. Arthur BLOCHE**
COMMISSAIRE-PRISEUR	EXPERT PRÈS LA COUR-D'APPEL
82, Rue de la Victoire, 82	*52, Rue de Châteaudun, 52*

Chez lesquels se distribue le présent Catalogue

EXPOSITION PUBLIQUE

Le Jeudi 6 Décembre 1906, de 1 heure 1/2 à 6 heures

et le Vendredi 7 Décembre avant la vente

CONDITIONS DE LA VENTE

La vente aura lieu au comptant.

Les acquéreurs paieront dix pour cent en sus des enchères.

L'exposition mettant les acheteurs à même de juger de l'état des objets, aucune réclamation ne sera admise aussitôt l'adjudication prononcée.

TAPISSERIES

1 — Suite de cinq remarquables tapisseries au
petit point, brodées d'or et d'argent, représentant des scènes allégoriques, de l'histoire
de Don Calceron de Pinos. Compositions de
nombreux personnages : grandes dames,
seigneurs, chevaliers en riches costumes de
l'époque. Les bordures larges à branchages
feuillagés et à grandes fleurs épanouies offrent
au fronton des armoiries et des cartouches

avec inscriptions, aux angles des écussons,
sur les côtés des groupes d'anges et de
chérubins et des nobles dames. Travail des
plus intéressants du XVIᵉ siècle.

La première représente le Seigneur Calceron de Pinos
au milieu de ses capitaines, de son armée, dans un
vaste camp où circulent des cavaliers, des arba-
létriers; en perspective des chevaliers en armure
se livrent à un tournoi.

Larg. : 3ᵐ3 ·. Haut. : 3ᵐ.

La seconde représente une scène de bataille, un choc
de cavalerie.

Larg. : 2ᵐ65. Haut. : 3ᵐ,

La troisième représente un saint en grand costume
sacerdotal tombant à la porte d'un monument,
poursuivi et accablé par une foule de gens qui lui
lancent des pierres. A gauche, à l'horizon, des
personnages groupés causent paisiblement, comme
indifférents à cette grande scène, où tous les
personnages courent et s'agitent.

Larg. : 2ᵐ8o. Haut. : 3ᵐ47.

La quatrième représente Don Calceron de Pinos après
qu'il a été abandonné sur la plage de Tarragone,
près le port de Salou, des gentilhommes et des
grandes dames en riches atours l'entourent et

l'écoutent, de tous côtés sont dispersés des seigneurs, des soldats; à droite on voit toute une flotte, et en perspective dans le paysage, de nombreux animaux conduits par un berger. Au milieu de la bordure en haut on lit dans un cartouche en vieux catalan :

« *Qvâl lonoble D. Calcerâ Calcerâ de Pinos Despres*
« *q Lacloros sât lodexa ablaplaja de Tarracona*
« *proploport de salova la vista de lacv. lat conecve*
« *sos vassalls q estabâ ab los q sê anabâ êbarcât*
« *ys des. pedâ de sas fillas ils dicve : Yo so lofill*
« *de vostrô senior Yaxi aqst rescat no se êbarc q*
« *loclorios sât me a portat assi y axi hoferê.* »

Dont la traduction nous donne :

« Quand le noble Don Calceron de Pinos, après que le
« glorieux saint l'abandonna avec la plage de Tarra-
« gone, près le port de Salou en vue de la cité, recon-
« nut ses vassaux qui étaient avec ceux qui partaient
« pour s'embarquer et se séparaient de leurs filles, il
« leur dit :

« Je suis le fils de votre Seigneur et ainsi cette rançon
« ne s'embarque pas; que le glorieux saint m'apporte
« ici.

Et ils le firent ainsi.

Larg. : 3^m35. Haut. : 3^m25.

La cinquième représente le seigneur Don Calceron
de Pinos s'embarquant à Tarragone au port de Salou
après que ses vassaux eurent payé sa rançon. Dans le
cartouche du fronton de la bordure on lit :

Quant los vassalls delavarone devar portarê lores-
cat pera trau rerdecapt veri al Noble D. Calcerâ
Calcerâ de Pinos son senior Ylébar cabnen Tarragona
alported Salou.

La traduction nous dit :

Lorsque les vassaux de la baronie durent apporter
la rançon pour tirer de captivité le noble D. Calceron
Calceron de Pinos, leur seigneur et l'embarquer avec
eux à Tarragone au port de Salou.

Larg. : 2ᵐ53. Haut. : 3ᵐ35.

Ces cinq tapisseries sont vraiment dignes de fixer
l'attention des collectionneurs et des conservateurs
de musées.

Elles présentent un ensemble des plus précieux parmi
les travaux de ce genre connus et classés. La finesse
du dessin, le caractère des physionomies, notam-
ment des personnages enrichissant les bordures, la
splendeur et la variété des costumes, leur bel état
de conservation relativement à l'époque dont elles
datent leur donnent une valeur artistique qui ne
saurait échapper à tout amateur de raretés et
d'œuvres documentaires.

Roseneau
1 . 250

2 — Petit panneau en tapisserie au petit point tissée d'or et d'argent représentant l'apothéose de la Sainte Trinité au milieu du concert des anges. XVIᵉ siècle.

Larg. : 1ᵐ85. Haut : 1ᵐ10.

3 — Suite de trois belles tapisseries représentant
des scènes mythologiques, avec riches bordures offrant des guirlandes de fleurs et de fruits
des cartouches à cornes d'abondance et aux
angles des écussons fleuris. Epoque Louis XIV.

La première représente Daphné poursuivie par Apol-
lon qui la vise d'un trait, protégée par l'amour appa-
raissant dans les nuages, elle est transformée en
laurier.

Haut. : 3m3o. Larg. : 2m75.

La seconde représente dans un paysage des plus riants,
Daphné accourant à gauche, cherchant la protec-
tion de son Père Pénée qui se dégage au milieu
des feuillages, assis auprès d'elle un jeune pâtre
tenant un vase d'or sur ses genoux. A droite, une
Source, entourée de nymphes et d'un servant assis

près d'elle, la lance en mains. Dans les airs l'amour malin les observe. Composition de huit personnages.

Haut. : 3m3o. Larg. · 4m5).

La troisième représente les jardins de l'Olympe où l'on voit **Cérès** assise écoutant les pronostics d'un augure qui lui indique une servante cueillant des fruits, au second plan d'autres femmes se livrent aux travaux champêtres; en perspective, se dessine un Temple, des balustrades, et des parterres de verdure, à droite aux pieds de la déesse une corbeille de fruits.

Haut. 3m3o. Larg. ; 3m9o.

4 — Belle tapisserie représentant une réception royale. Assis sur leur trône dans un palais à colonnades, un Roi en costume d'apparat et la Reine richement parée de perles, entourés de seigneurs, de Dames d'atours et de Pages, reçoivent des hommages d'autres Rois et d'autres Reines accompagnés de leurs courtisans. Aux pieds du trône, sont disposés des groupes allégoriques, un brûle-parfums, une aiguière, et d'autres présents. Bordure simulant un encadrement à palmes d'or sur fond rouge. Epoque Louis XIV.

Haut. : 3m5o. Larg. : 3m8o.

PARIS. — IMPRIMERIE C. CHAUFOUR
8-10, Rue Milton, 8-10